Claire Ginée

LUIZA

Publibook

Retrouvez notre catalogue sur le site des Éditions Publibook :

http://www.publibook.com

Éditions Publibook
Immeuble Le Cargo, 157 boulevard Mac Donald – 75019 Paris
Tél. : +33 (0)1 84 74 10 24

Imprimé en France

Cet ouvrage a fait l'objet d'une première publication aux Éditions Publibook en 2022

À ma fille

Ma douce enfant
Chaque soir en t'endormant
Avec ton ours chéri
Emplis ton sommeil de mélodie
De rêves bleus
Dans les bras du nounours affectueux

Un enfant

On lui posa un enfant sur le ventre, quelle étrange sensation, il était tout bleu !

Ce fut doux et chaud.

La souffrance de Luiza venait de sortir de son corps. Un bébé criait. On lui annonça : « C'est une fille ! ».

Le personnel hospitalier l'entourait, le médecin qui l'avait accouchée et quelques infirmières se pressaient. Il y avait surtout ce jeune infirmier qui lui avait tenu la main une partie de la nuit.

Souvenir inoubliable de réconfort, elle lui avait demandé son prénom : Patrice.

Puis une infirmière lui enleva cet enfant pour le préparer, l'habiller.

Souvenir d'une nuit de douleur pour Luiza.

Un très jeune homme passait régulièrement dans sa chambre, il lui avait dit :

— J'assiste à mon premier accouchement.

Quand la douleur était trop forte. Cet infirmier lui prenait parfois la main. Il lui donnait du courage par des paroles réconfortantes en lui serrant la main très fortement. Pendant ce contact, Luiza ressentait donc son inquiétude car il était plus inquiet qu'elle ne l'était.

Au plus fort de la douleur des contractions, cette présence soulageait mentalement Luiza.

Avec l'angoisse et la peur commune, ils partageaient ensemble ces instants.

Il lui parlait et lui posait des questions sur elle, sur sa vie :

— Qu'allez-vous faire, seule avec un enfant ?

Question étonnante pour Luiza, elle répondait tout simplement :

— Je vais l'élever.

— Mais comment allez-vous faire ?

Pour Luiza ce n'était pas un problème. Elle travaillerait pour donner l'éducation à cet enfant, même si elle était sans ressources à ce moment-là… Ce n'était donc pas un souci. Sans même savoir comment elle ferait, sans argent, sans rien, le travail, c'était la solution.

Luiza attendait avec impatience la visite de cet infirmier car l'attention qu'il portait sur elle l'éloignait un instant de la souffrance physique. Cela lui donnait du courage. Il était le seul à lui parler, personne n'avait le temps de venir la voir.

Seule dans cette chambre peu éclairée et légèrement ombragée, les murs paraissaient gris.

Allongée sur un lit aux draps blancs, les heures de nuit s'écoulaient lentement. Elle entendait des cris de douleur provenant des chambres voisines.

Il n'y avait pas de préparation à l'accouchement en 1967 (elle n'en avait jamais entendu parler). On allait directement à l'hôpital pour accoucher ou sur réservation dans une clinique.

(Sa grand-mère et sa mère ayant eu plusieurs enfants, ne lui avaient jamais parlé de douleur. Elles accouchaient au domicile familial, enfermant les enfants dans la pièce voisine. D'ailleurs sa mère lui avait dit qu'après sa naissance, ses trois frères jouaient à pousse-pousse dans la cour de la ferme !).

Une infirmière passait toujours rapidement pour voir « si le travail avançait » et pour lui mesurer l'ouverture du col de l'utérus. Elle comptait par centimètres et prononçait : 5 cm, etc.

Patrice lui prenait doucement la main, lui chuchotait :

— Courage Luiza !

Puis au plus fort de la contraction, la lui serrait très fort.

Comment en était-elle arrivée là, seule, sans compagnon, sans famille ?

1967

En 1967, Luiza, future mère célibataire, nommée « fille-mère » en ces temps-là, allait devenir maman.

Quelques semaines avant le terme de sa grossesse, elle chercha un lieu pour accoucher.

L'hôpital Baudelocque, dans le 14e arrondissement de Paris, avait la réputation de mettre au monde les enfants de femmes seules.

Elle se déplaça pour s'inscrire et voir un médecin.

À cette époque, il n'y avait pas de suivi régulier : il suffisait qu'elle soit en règle avec la Sécurité sociale depuis sa première déclaration de grossesse.

D'ailleurs, il n'y avait pas eu d'échographie, seules les consultations étaient nécessaires.

Il n'était pas question non plus de connaître le sexe de l'enfant.

Serait-ce une fille ou un garçon ?

Luiza avait une préférence pour un garçon. Elle choisissait des prénoms : si c'est un garçon, il s'appellerait Daniel, une fille ce serait Aurore.

Il n'y avait pas de médecin traitant désigné car, dans les années 1960, ce n'était pas encore obligatoire.

Dans son quartier parisien, elle consultait quelquefois un jeune médecin.

L'assistante sociale

Huit jours avant le terme de sa grossesse, au cours d'une consultation à l'hôpital, elle fut reçue par une assistante sociale.

Luiza fut surprise par les questions :

— Comment allez-vous faire pour éduquer votre enfant ?

— Je vais l'élever, tout simplement, répondit-elle.

— Mais comment allez-vous faire, répéta-t-elle, sans travail, sans revenus et mal logée ?

L'assistante sociale lui proposa un accueil en famille, mais seulement pour l'enfant, en lui expliquant que l'assistance en famille d'accueil était possible en banlieue parisienne.

Elle devait se séparer de son bébé ! Impensable ! Inacceptable pour cette future mère.

Luiza répondit :

— NON NON !! Je me débrouillerai, je n'ai besoin de l'assistance de personne pour éduquer mon enfant.

Ce fut une réponse catégorique et sans appel.

De plus, Luiza avait entendu à la radio que des mères ne pouvaient récupérer leurs enfants placés car il fallait apporter la preuve de salaire et d'un logement.

Ensuite, ces difficultés pouvaient durer des années pour retrouver la garde de l'enfant car nécessitant la justification des revenus et d'un appartement familial adapté.

Comme elle était payée aux pourboires, sa paye déclarée serait donc insuffisante. De plus, elle était résidente, logée dans une chambre de bonne au 6e étage, avec l'eau sur le palier et sans travail…

Mais cela ne l'inquiétait nullement car, serveuse en restauration, c'était très facile de travailler et ce métier était bien rémunéré.

N'ayant jamais connu le confort, Luiza n'avait jamais souffert de cette situation qui lui était normale.

Néanmoins, pendant son congé de maternité, elle vivait avec quelques indemnités de la Sécurité sociale pour arrêt de grossesse.

Là, c'était juste financièrement.

Pas d'aide matérielle pour les jeunes femmes seules !

Ces interrogations de l'assistante sociale l'effrayaient. Luiza pensait qu'on ne devrait jamais poser ce genre de problème à une future mère car l'enfant qui allait naître était bien le sien, bien à elle !

Elle fut choquée par les questions de l'assistante sociale. Non, personne ne lui prendrait son enfant !

La chambrette

Quelque temps avant l'accouchement, elle loua une petite chambre très étroite, au deuxième étage d'un immeuble ancien, dans le 1er arrondissement de Paris, avec l'eau dans la pièce au robinet de l'évier.

Avoir de l'eau courante, ce fut un vrai bonheur pour Luiza, habituée d'avoir l'eau sur le palier ; parfois elle gelait en hiver ! Il fallait casser la glace le matin pour se laver très tôt à l'eau glacée !!!

Les WC étaient à l'entresol du palier.

Pas de salle de bain. Avoir l'eau dans l'unique pièce à vivre était un luxe !

C'était une chambre très étroite : on ne pouvait installer qu'un lit de 90 cm de largeur. Peu de place pour mettre un lit de bébé. Son seul mobilier était une penderie en matière plastique avec une fermeture éclair de bas en haut.

Pour les douches, aucun problème car dans tous les arrondissements de Paris, et même en banlieue parisienne, il y avait des lieux de douche propres et chauffés. On se douchait facilement. Il suffisait de quelques pièces de monnaie pour payer le droit de se laver.

Elle avait prévu pendant sa grossesse le minimum d'éléments qu'elle avait achetés avec les modestes primes de la Sécurité sociale pour la naissance d'un enfant :

– Un petit landau sur quatre roues, de couleur écossaise gris-bleu, le moins large et le plus petit possible afin qu'il puisse passer dans l'escalier étroit pour monter à la force des bras au deuxième étage. Il servirait aussi de berceau.

– Une baignoire en plastique de couleur bleue ainsi que quelques vêtements de bébé, des couches, des langes, des biberons et une serviette de bain à motifs jaunes sur fond blanc.

Elle improviserait le moment venu ; elle était jeune et sans souci, l'avenir ne lui faisait pas peur. La naissance du bébé était attendue.

Malgré les difficultés rencontrées pendant sa grossesse, elle se faisait coquette. Pour les premières fois, elle se maquillait, elle acheta deux belles robes de maternité. Elle aimait se voir enceinte.

Luiza a 20 ans

Deux années précédentes, Luiza, eut 20 ans. Jeune, autonome et insouciante, elle était éprise de liberté.

C'était une jolie fille de taille moyenne aux yeux bleus et aux cheveux courts, blonds, frisés.

Elle avait choisi un emploi de serveuse en restauration car le métier était agréable bien que fatiguant, avec de longues heures de travail (mais quand on était jeune et pleine de vie, la fatigue ne se ressentait pas !)

Elle aimait ce métier pour le contact avec la clientèle. Toujours accueillante, avec le sourire, le service en restauration lui plaisait. En fait, Luiza était une commerçante née !

Par ailleurs, sa grand-mère était aussi dans le commerce puisque propriétaire d'une épicerie pendant les deux guerres mondiales.

Le rêve de Luiza c'était de rencontrer un cuisinier et d'avoir son propre restaurant : lui serait à la cuisine et elle assurerait le service de la clientèle en salle.

Le bureau de placement

Il fallait arriver de bonne heure au bureau de placement des garçons de café et de restaurant, situé près du boulevard Voltaire, dans le 11e arrondissement de Paris.

Il y avait plus d'hommes que de femmes, assis autour d'une grande pièce au carré. Tous silencieux, sur des chaises, le dos au mur en attente du précieux sésame, papier indiquant le nom et le lieu du restaurant où chacun devait se rendre pour l'emploi du jour, de la semaine ou de l'année.

Les uns après les autres, ils se présentaient et repartaient très vite, avec dans la main l'appréciable adresse du lieu de travail pour la journée.

Luiza, avait vingt ans ce matin-là. Attendant comme les autres un travail journalier, et du boulot, il y en avait pour tous !

Un garçon de café l'avait au préalable informée pour se présenter à ce bureau de placement… et chacun pouvait prétendre à un poste en restauration ou barman. Alors, pas de précipitation, sauf s'il fallait commencer dans l'heure suivante avant le service du midi.

Elle accepta la première proposition qu'on lui proposa.

Ainsi elle apprendrait le métier dans toutes ses diversités, que ce soit pour faire le service d'un mariage, d'une communion ou d'un baptême pour la journée, pour la semaine, pour le mois et pour l'année.

Son premier emploi de serveuse fut à Maisons-Laffitte, en région parisienne, dans un petit restaurant familial près de l'hippodrome.

Étrangement, pour une première approche du métier, elle ne s'y plut pas. Elle devait tout apprendre, du bar à la salle de restauration et le soir faire le ménage, laver les sols – La propreté était indispensable et de rigueur pour l'ouverture du restaurant – puis dresser les tables, prêtes pour accueillir les clients du lendemain matin.

Elle était logée par ce premier établissement dans une petite chambre au fond d'un jardin. Ses patrons eurent beaucoup de patience avec elle car elle ne connaissait rien du métier de serveuse.

Le service était facile, avec une clientèle d'habitués des écuries de courses.

Cependant, difficile pour elle, un peu perdue dans cette nouvelle activité en bar et restaurant, il convenait que ce soit impeccable et d'avoir une excellente mémoire pour se rappeler les commandes des clients.

On lui apprit à doser les verres, ni moins ni plus de quatre centilitres pour un whisky ou la moitié pour un baby ; surtout, ne pas remplir les ballons de vin rouge, de rosé ou de blanc pour laisser un large bord en haut du verre. La bière devait être servie bien moussante. Enfin, ce n'était pas compliqué d'être serveuse…

Pour le restaurant, de même. Le plus dur au début, ce fut un travail de mémoire pour ne pas se tromper de table pour les servir !

Ce qu'elle comprit, c'est qu'on pouvait travailler et gagner sa vie même sans formation professionnelle au préalable.

Dans les années 1960, la paye était réglée au pourboire journalier. Il n'y avait pas de fixe, le patron déclarait un forfait.

Chaque jour après son service, pour paiement de son salaire, elle empilait des petits tas de pièces jaunes de 10 ou de 20 nouveaux francs sur un grand plateau rond du service de salle.

Il n'y avait pas à se plaindre, on gagnait largement sa vie avec des pourboires.

Elle y resta un mois, toute vêtue de noir avec son petit tablier blanc qu'elle portait fièrement.

Elle avait acheté de jolies blouses blanches, parfois plissées sur le bas, ou en dentelle, avec des petites poches.

Une jeune et jolie fille, la Luiza serveuse !

Un mois plus tard, un matin, elle se présenta à nouveau au bureau de placement. Le préposé l'envoya dans un restaurant du 2e arrondissement de Paris.

Au Tout au Beurre

Ce fut pour un emploi de serveuse en restaurant, stable et fixe pour le service du déjeuner *Au Tout au Beurre.*

Elle ne signa pas de contrat au préalable.

Il y avait deux salles de restaurant, l'une en bas, l'autre située à l'étage et la cuisine au rez-de-chaussée. Elle courait, dévalait l'escalier et remontait les bras chargés de plats, à toute vitesse.

Luiza gérait 100 couverts le midi. Affectée à la salle de l'étage, ce fut une course sans fin d'allers et retours dans l'escalier…

En bas, le cuisinier, toujours surexcité, n'appréciait pas Luiza et lui faisait une vie d'enfer, la menaçant parfois avec son grand couteau, mais elle l'affrontait et n'avait peur de rien.

La chaleur de la petite cuisine était brûlante : peut-être que les conditions de travail trop épuisantes faisaient que le cuisinier perdait parfois son sang-froid ?

La patronne donnait un coup de gueule et tout rentrait dans l'ordre. Le service en salle avant tout polémique !

Les clients venaient essentiellcment de la grande poste centrale du Louvre.

Il y avait un client des PTT pas comme les autres, avec des yeux bleus magnifiques, intenses…

Il était grand, beau garçon, joyeux. Son tendre regard attira Luiza.

Il l'invita, elle accepta de le voir après le service.

Luiza fut prise au piège par ses yeux bleus si doux. Il s'appelait Guy.

Après quelques semaines de rencontres, ce fut le premier homme qui la demanda en mariage !

Incroyable, n'est-ce pas ? Sérieux, il était amoureux !

Guy venait de Pau, une ville du Sud-Ouest. Il envoya même à ses parents la photo de Luiza, avec ses beaux cheveux blonds, pour la présenter. La date du voyage fut décidée. Guy faisait des projets. Il prévoyait de retourner vivre dans sa région natale, au service de La Poste.

Elle appréciait la douceur de Guy.

Cependant, le sentiment amoureux était inconnu pour elle. Prise de panique, elle se posait la question : « Comment peut-on vivre toute une vie avec le même homme ? », pensait-elle.

Une relation express, trop rapide, elle avait besoin de temps !

Pour lui annoncer sa décision, elle lui donna un rendez-vous au café du coin du boulevard. Elle mit un mot sur le pare-brise de la voiture de Guy, garée dans la rue.

Il n'était pas venu la rejoindre. Pourquoi ?

Le lendemain matin, elle s'aperçut de sa méprise : cette automobile n'était pas la sienne !

Elle vit un papy avec sa femme au volant de cette voiture sur laquelle était placé son message… Elle fut gênée ! Si la femme de cet homme avait trouvé son message pour rendez-vous ?

Mal à l'aise, elle souhaita que ce fut l'homme qui découvre ce message : elle ne se fit pas connaître…

Plus tard, elle déclina l'invitation d'aller rencontrer la famille du beau Guy et rompit ce lien amoureux naissant.

(Cinquante ans après, avec le recul, des questions : pourquoi n'était-elle pas tombée amoureuse de ce garçon ? Sa vie aurait été-t-elle meilleure ? Elle aurait été mariée ?).

Non ce n'était pas son destin, ce fut autre…

(Une année après, au hasard d'une rencontre dans la rue, Guy lui présenta sa femme. Il s'était marié et Luiza poussait le landau : elle était seule avec la petite Aurore de deux mois…)

Les loisirs parisiens

À cette époque-là, avec ses amis, les loisirs nocturnes occupaient une partie de leur temps. Dans les bars et restaurants de nuit, tous attablés, en écoutant la musique de « Pépé le guitariste », ils refaisaient le monde, parlaient des heures et des heures…

Luiza aimait aller au cinéma, au théâtre, au musée, dîner au restaurant, les promenades sur les quais de la Seine en flânant devant les échoppes des bouquinistes, les Grands Magasins et les balades en bateau-mouche.

À La Samaritaine, Les Galeries Lafayette, Le Printemps et le Bazar de l'Hôtel de Ville, elle y passait des après-midis entiers.

Principalement, ses lieux de sortie se situaient près des Halles centrales de Paris (proches de sa petite chambre de bonne du 6e étage, rue Vauvillers).

Ils finissaient leur nuit vers 4 heures du matin, dégustant une délicieuse soupe à l'oignon dans les prestigieux restaurants connus :

L'Alsace, le *Pied de Cochon* ou *Le Chien qui Fume*.

Néanmoins, au bout d'une année, Luiza avait fait le tour de cet emploi de serveuse en restaurant *Au Tout au Beurre*. N'apprenant rien de plus, elle donna son préavis d'un mois et partit dans une nouvelle aventure en restauration.

Les Halles centrales de Paris

Jour et nuit, dans la rue Montorgueil, les marchandes des 4 saisons poussaient leurs charrettes à bras, chargées de beaux fruits et légumes, et vendaient parfois à la criée.

La grande église Saint-Eustache, au bout de la rue, faisant l'angle avec les pavillons des halles, imposait le respect du lieu.

On apercevait les hautes constructions imposantes, en métal marron foncé, avec ses verrières des Halles centrales de Paris. Des hommes pressés, les forts des Halles, travaillaient au transport des marchandises.

Dès la nuit, s'activant telle une vraie fourmilière, les grossistes en fruits et légumes, viande, volailles, charcuterie, poissonnerie et tous les produits d'alimentation, circulaient avec des diables (nom de leurs carrioles de transport, soit à bras ou à moteur).

Des hommes habillés en blanc, tachés de sang, transportaient à dos d'épaule d'énormes carcasses de bœuf. C'était les forts des Halles en viande. Une profession réglementée : il fallait être robuste et costaud pour porter de si gros poids, parfois plus de 200 kg.

Les pavillons des Halles furent construits sous la direction de l'architecte Hector Baltard qui proposa ces modèles dès 1848.

La première construction fut érigée en pierre. Plus tard, elle fut démolie, remplacée par dix pavillons construits en métal et en verre.

Il y avait le pavillon de la marée pour le poisson, le pavillon de la volaille, le pavillon de la boucherie, le pavillon des fruits et légumes, le pavillon du beurre et du fromage, le pavillon de la charcuterie, etc.

Avec tous ces grossistes en tout genre, regroupés à l'abri de leur Pavillon Baltard, des étals de marchands s'installaient dans les rues voisines. Chaque nuit, c'était la course des vendeurs pour obtenir la meilleure place.

(Ce n'est qu'en 1969, que les Halles centrales de Paris furent déménagées à Rungis, dans le Val-de-Marne.

La Marmite

Le bureau de placement du quai Voltaire envoya Luiza dans un restaurant des Halles :*À La Marmite*, pour un travail de serveuse de nuit. Travailler de nuit ne la dérangeait pas, elle s'imagina qu'il lui resterait plus de temps pour ses loisirs et balades de jour, ainsi elle pourrait flâner devant les bouquinistes des quais de Seine.

Son loisir favori, c'était chaque dimanche, pour son seul jour de congé, une promenade en bateau-mouche.

Ces bateaux amarrés sur le quai du Pont-Neuf, situés non loin de son domicile, l'emmenaient rêver… Paris est une ville magnifique vue des bords de Seine.

La Marmite, un restaurant ouvert la nuit, alimentait les travailleurs des Halles. Quelle ne fut pas sa surprise dans ce nouvel établissement : on lui proposa un travail d'employée en cuisine, elle qui ne savait pas cuisiner !

Le patron restaurateur lui expliqua que les plats étaient faciles à faire car la nuit, les gars travailleurs des Halles centrales de Paris se contentaient bien souvent d'un casse-croûte ou d'une omelette. Il lui apprit à cuisiner la viande en mode bourguignon, la soupe à l'oignon et le steak au poivre ;

l'escalope à la crème était quelques fois demandée.

Rien d'impossible à réaliser !

Rencontre

Un client habitué, chaque nuit lui commandait une omelette.

Il n'était jamais satisfait, lui faisait toujours des réflexions désagréables sur la cuisson de ses omelettes trop baveuses car il les aimait bien cuites.

Ce client bougon était un très bel homme, grand, mince et élancé, brun à la peau très blanche et aux yeux verts très expressifs. Un travailleur des fruits et légumes des Halles centrales de Paris, toujours de mauvaise humeur. Il arrivait très pressé, commandait son casse-croûte, mangeait et repartait travailler rapidement.

Luiza l'observait, intriguée. Comment arriva ce qui suivit ?…

Il s'appelait Julien.

Toujours empressé, sérieux dans son travail qui consistait à charger des grosses commandes de fruits et légumes et à les transporter dans des énormes caisses en bois. Il négociait les prix des marchandises d'un l'air bourru.

Un matin, il l'invita à boire un verre au café de l'angle de la rue Montorgueil.

Pourquoi accepta-elle ? Oui cet homme l'intriguait.

En dehors de son activité, pour qui le connaissait, il était d'une grande douceur.

Un doux baiser et le piège se referma sur la gentille Luiza.

Une romance s'engagea entre l'homme bougon et la belle.

À cette époque, on ne « couchait » pas avant le mariage : c'était interdit !

Elle tomba amoureuse de ce grand gaillard élancé de 1 m 84, aux yeux verts et aux cheveux bruns ondulés.

Être amoureuse, c'était tendre, extrêmement doux ; de toute son existence elle n'avait pas connu ça !

Mais lorsque cet amour devenait si fort, avec des projets pour toute la vie, c'était aussi une emprise qui pouvait devenir un piège…

Julien, installé depuis plusieurs années en France, était né dans la région de Zagreb en Yougoslavie. Il n'avait pas d'accent et parlait correctement le français.

Son père, d'origine yougoslave et sa mère italienne, avaient émigré en Italie pour fuir la dictature du président Tito.

Plus tard, Julien s'installa à Paris. Réputé comme bon travailleur, sérieux et appliqué, il dirigeait le stand des fruits et légumes pour le compte de son patron grossiste qui l'appréciait.

Surprise

Quelques mois plus tard, Luiza brava « l'interdit » : il arriva ce qu'il arriva !

Luiza attendait un enfant !!

Mais en 1966, une grossesse pour une femme seule était très mal vue.

Sans être mariée, on disait qu'elles avaient toutes la mauvaise réputation de « filles des rues » !!

À cette époque, la femme enceinte célibataire ne pouvait pas le dire. Il fallait le cacher à tous.

Julien ne s'inquiétait pas. Il lui disait : « On va se marier ».

Luiza était rassurée. « Elle allait se marier, bien sûr avec un gros ventre, mais elle n'était pas la seule qui se marierait ainsi », pensait-elle.

Il n'était pas question d'avortement ! La question ne se posait même pas car elle allait se marier.

Il se disait que certaines femmes faisaient « passer » leur grossesse en Hollande ou en Angleterre, car interdit en France.

Les mois passèrent, Luiza ne dit rien à son entourage sauf à deux personnes auxquelles elle était très attachée : sa mère et son jeune frère partageaient ce lourd secret.

Elle continua de travailler, mais de jour, car la nuit cela devenait pénible pour une femme enceinte.

Ils fixèrent la date du mariage au 13 décembre 1966.

Elle demanda à sa mairie de naissance son certificat de naissance vu mariage.

Ce certificat arriva avec une mauvaise année de naissance : il la vieillissait d'une année.

Elle en réclama un autre qui lui fut envoyé par la poste, mais celui de Julien n'arrivait toujours pas !

D'ailleurs, il n'arriva jamais ce certificat…

Julien avait quitté le travail de maraîcher des Halles de Paris pour « s'installer dans une petite ville de province afin d'exercer sa carrière de footballeur », disait-il. Il revenait voir Luiza une fois par semaine, en principe le samedi.

Selon lui, un joueur de football partait jouer des matchs dans toute la France, principalement le dimanche. La semaine était réservée aux entraînements.

Elle travaillait comme serveuse dans un petit bar, toujours dans le quartier des Halles.

Julien lui annonça qu'il avait trouvé un petit appartement dans sa nouvelle région, avec un restaurant attenant au club de foot et qu'elle n'aurait pas de soucis à se faire ; la ville était pourvue en maternité.

Ils préparèrent ensemble leur vie commune ; elle avait confiance, elle en rêvait…

Et de même, il lui avait montré un document pour la prise de gérance du restaurant du *Club de Foot*, avec le tampon du club, suivi d'une demande de fonds très importante en nouveaux francs.

Luiza, payée aux pourboires, assurée de la bonne foi de Julien, lui remettait sa paye chaque semaine car impensable de voir une autre réalité, elle était une jeune femme future maman !!

Sa mère et son frère hypothéquèrent leur ferme de campagne pour compléter l'argent nécessaire afin acquérir ce petit commerce.

Pas un seul instant Luiza ne douta de la sincérité de son amoureux. Comment pourrait-on tromper une femme attendant un enfant ?

Les mensonges

Puis un dimanche matin, ce 9 janvier 1967, elle entendit un message à la radio, (pas de télévision, les informations arrivaient par le petit poste), annonçant que tous les matchs étaient annulés dans toute la France à cause du gel qui sévissait…

Et Julien venait de l'appeler pour lui dire qu'il jouait un match à Quimper en Bretagne !

Luiza, pour la première fois eut un doute. Si tout ce que lui racontait Julien était faux ??

Si elle retournait les pages de la vie à l'envers, ce serait voir le faux à la place du vrai ?

Elle décida rapidement de partir afin d'enlever l'angoisse qui l'assaillait.

Le lendemain matin, elle se leva à 4 heures du matin, prit le métro dès son ouverture matinale pour monter dans le premier train au départ de la gare Montparnasse de Paris, en direction de l'adresse provinciale qu'il lui avait donnée.

Il faisait si froid ce jour-là. Le train n'était pas chauffé !

Les paysages de campagne, blancs de neige, défilaient, à grande vapeur, avec ce train fonctionnant au charbon. En quelques heures de voyage, elle arriva à destination.

Cependant, les rues et les trottoirs étaient glacés par le gel, ce qui rendait les déplacements dangereux. La prudence s'imposait pour toutes visites.

Ne connaissant pas la ville, elle se rendit en taxi à l'adresse indiquée.

Enfin la bonne adresse : la description de la maison de province où il avait une chambre chez l'habitant correspondait à l'image qu'il lui avait faite : cela la rassura.

Un petit pavillon en briques rouges se dressait. Luiza sonna à la porte du jardin. Une femme apparut sur le perron de sa porte.

— Que cherchez-vous ? lui demanda-t-elle.

— Vous connaissez Lucien ? répondit Luiza.

— Oui bien sûr, répondit-elle.

— Je peux le voir ?

— Il n'habite pas ici !

De suite, cette réponse inquiéta Luiza.

— Mais il m'a dit qu'il avait une chambre derrière votre pavillon !

Un mini dialogue s'engagea entres elles.

Elles se dirigèrent ensemble pour voir l'arrière de cette maison. Il y avait un jardin et un bâtiment en bois sommaire.

— Venez donc voir ! Approchez-vous, dit cette femme. Et d'ajouter : derrière la maison c'est le poulailler. Il n'y a pas de chambre ici !!!

Recherche de la vérité

Cette femme lui indiqua une autre adresse où elle pourrait trouver Julien.

Luiza s'en alla. Elle marchait dans le froid et la glace qui recouvrait les bords d'un si long chemin de campagne.

Que la route lui fut longue et pénible sur ce sol glissant !

Elle essayait de se réchauffer les mains en frottant ses mitaines l'une contre l'autre. Elle portait un bonnet et une écharpe en laine bien chaude.

Elle crut reconnaître un homme qui l'observait furtivement au volant d'une voiture, une belle DS noire. Il portait une casquette.

Il avait une ressemblance avec Julien. « Non cela ne peut pas être lui, pensa-t-elle, il ne porte pas de casquette et nous n'avons pas de voiture… ».

Elle chassa de son esprit cette image.

Réfléchissant en chemin, elle comprenait avec horreur qu'il lui avait menti sur son adresse de domiciliation.

Il l'avait trompée : inquiétant ! Néanmoins, retourner la page de vie à l'envers pour découvrir la vérité ?

Arrivée à cette nouvelle adresse, elle pénétra dans une grande cour de ferme et frappa à la porte. Une femme lui ouvrit.

Elles se reconnurent de suite : c'était l'épouse d'un des amis de Julien. Elles s'étaient déjà rencontrées lors d'une visite à Paris. Elle se nommait Josiane.

Il était près de midi, Josiane lui dit :

« Il fait froid, vous n'allez pas repartir par ce froid glacial sur des sols gelés et enceinte ! ».

La grossesse de Luiza se voyait déjà.

« Oui, j'insiste, disait-elle, ce n'est pas prudent, vous attendez un enfant, restez déjeuner avec moi. Il faut aussi, vous préciser que mon mari rentre pour déjeuner et l'homme que vous avez rencontré avec moi à Paris, n'était pas mon mari, c'était mon amant. »

Luiza était bouleversée. Qu'allait-elle encore découvrir ?

Elle étouffa ses sanglots au fond de sa gorge. Il allait falloir jouer la comédie des retrouvailles avec cette femme devant le mari !

Josiane lui expliqua qu'à 15 ans elle avait été malade des poumons. Elles convinrent de dire au mari, qu'elles s'étaient rencontrées lors de leur convalescence en sanatorium, dans leur adolescence. Là, son mari ne pouvait connaître ses amies d'un temps passé.

Encore des mensonges pendant tout le repas !!!

Il fallut sourire et même rire pendant tout le déjeuner sur des souvenirs que seule Josiane connaissait !

Une comédie pour protéger Josiane. Peu importait la détresse de Luiza !

Luiza ne pouvait plus avaler, les aliments restaient bloqués dans sa gorge. Ses yeux devaient rester secs !!! Surtout, le plus dur, c'était de retenir ses larmes.

Soudain, au milieu du repas, le mari annonça :

« J'ai rencontré le grand Julien. Il a dit que si une de ses poules vient de Paris, il faudra dire qu'il n'est pas là !!! ».

Cet instant-là fut le comble de l'horreur ! Ne pas montrer sa douleur, seul le bébé dans le ventre de Luiza se tournait et se retournait …

Après le repas, le mari repartit travailler.

C'est alors que Luiza éclata en sanglots !!!

Les larmes retenues ne cessèrent de couler.

Et comme cela ne suffisait pas, elle apprit l'indicible. Josiane lui annonça que « son Julien » vivait avec une autre femme et qu'il avait une fille : elle avait déjà deux ans et elle se nommait Laurence.

C'est ainsi qu'elle découvrit que toute la vie présumée de Julien n'était que mensonges !!!

Qu'il n'y avait pas de club de foot, pas de restaurant et de plus qu'il possédait une voiture neuve !

Luiza comprit que l'homme qui l'observait dans la rue à son arrivée c'était son compagnon et réalisa que tout son argent, le fruit de son travail, avait servi à l'achat de la belle DS noire qu'elle avait aperçue !

Josiane lui proposa de le rencontrer pour avoir une explication. Elle insista auprès de Luiza qui ne voulait pas le revoir dans de tels moments de détresse.

Josiane appela Julien et il accepta l'entrevue.

Luiza puisa au fond d'elle-même toute son énergie. Elle sécha ses larmes, ne voulant surtout pas montrer sa détresse.

Il arriva. Assis face à face, calmement, il lui confirma qu'il avait bien une petite fille de deux ans nommée Laurence puis l'informa qu'il ne resterait pas avec cette femme avec laquelle il vivait actuellement. Il aimait beaucoup sa fillette, mais le comble, il désirait aussi la naissance du nouvel enfant que Luiza portait !

Il lui prononça des mots doux à l'oreille : cet enfant le fruit de leur amour, il le voulait !

De plus, il ajouta que ce serait une fille. Comme si on pouvait savoir si ce serait une fille sans échographie !

« On l'appellera Laurence », lui annonça-t-il !

Comment pouvait-on être aussi démoniaque !! Nommer ses deux enfants par le même prénom !!

Pour faire vrai, il prit Luiza sur ses genoux, la consola, la câlina, cherchant à l'embrasser en lui disant :

« On va tout recommencer ensemble, avec l'enfant que tu portes ! ».

Mais Luiza n'était plus dupe, elle avait ouvert brutalement les yeux sur Julien.

Alors, elle imagina son destin avec lui.

Si elle reprenait le cours de sa vie avec cet homme, peut-être aurait-elle d'autres enfants ?

À coup sûr elle se retrouverait seule car les mensonges ne pouvaient pas disparaître comme par enchantement.

Mais où était l'argent du petit commerce qu'ils devaient acheter ensemble ??!!

Elle refusa sa proposition et face à lui, sans larmes, lui répéta plusieurs fois :

« NON, NON, C'EST FINI !!! »

Malgré tout, il insista…

Elle reprit sa route, seule dans le froid en sanglotant et décida l'après-midi même de se rendre au commissariat pour raconter cette horrible histoire. Un inspecteur de police la reçut. Cet homme l'écouta avec attention et lui conseilla de déposer plainte pour escroquerie auprès du procureur de la République.

Sur le chemin qui conduisait à la gare, toujours en pleurs, des pincements dans ses entrailles se faisaient ressentir ; elle avait mal au ventre, elle était enceinte de cinq mois…

Pas de place assise dans ce train en direction de Paris. Installée debout au fond du wagon, pour trois heures de voyage, ce fut pénible, épuisant, sanglotant, seule avec ses larmes…
Son jeune frère l'attendait à l'arrivée.

La vie continua

Le médecin l'arrêta de travailler car de petites contractions se faisaient ressentir.

Pas beaucoup d'argent pour vivre, les prestations d'arrêt maladie ne suffisaient plus.

La prime de grossesse servit seulement à acheter un mini landau et quelques bricoles : des biberons, des couches en tissu et des langes. Les couches jetables, elle n'aurait pas eu les moyens financiers pour en acheter.

Pour survivre, elle travailla de temps en temps de nuit à l'accueil d'un petit hôtel. Presque pas de passage de nuit, il fallait se tenir éveillée. Elle arrêta ce travail d'appoint à huit mois et demi de grossesse.

De plus, chaque nuit, elle ne pouvait dormir tant son corps était secoué par d'énormes sanglots et ceci jusqu'au jour de l'accouchement.

Son bébé restait éveillé toutes les nuits en faisant des galipettes dans son ventre et l'empêchait de s'assoupir…

Découverte de l'amour vrai

L'enfant naquit, on le lui posa sur le ventre.

Pendant 24 heures, elle n'osa pas l'approcher. Une sensation étrange, inconnue s'était emparée d'elle.

Il y avait dans un petit berceau, au pied de son lit, un bébé qui pleurait qu'elle ne connaissait pas encore…

Elle le regardait furtivement, ne pouvant pas s'asseoir ni se lever à cause de son accouchement difficile…

Le lendemain matin, une infirmière prit le bébé et le posa délicatement dans les bras de Luiza.

À ce contact, une explosion de douceur s'empara de tout son corps !! Elle ressentit une chaleur foudroyante ! Inexplicable sensation ! Elle devint mère à cet instant-là !!!

L'amour maternel s'était éveillé en elle !!!

Elle lui donna le sein. Oh mon Dieu, que sa fille était belle avec ses petits cheveux bruns en broussaille !

Plus tard, elle analysa ses impressions. Sa fille Aurore, n'ayant pas été désirée, cette naissance ne fut pas préparée. Luiza, fille-mère esseulée, ne savait pas ce qu'était le désir d'enfant.

À cette époque, on restait huit jours en maternité.

Dès la naissance, on permettait d'envoyer un télégramme à la personne de son choix.

Elle adressa ce courrier express à sa mère pour annoncer la naissance de sa fille Aurore. Envoi fait le matin, sa mère le reçut l'après-midi.

Elle était hospitalisée dans une chambre commune avec plusieurs mères et chaque enfant installé dans un tout petit lit de bébé placé au pied des lits des mères.

Combien étaient-elles dans cette grande salle ? Peut-être plus de quinze mamans…

Chaque nuit, dès qu'un bébé pleurait, c'était tous les bébés qui hurlaient. Quelle cacophonie !

Une infirmière emmenait les bébés pleureurs en pouponnière et les ramenait dès le lendemain matin.

Puis sa mère vint chercher Luiza et Aurore à l'hôpital. Elles rentrèrent au domicile en taxi.

Il n'y avait pas de berceau dans cet appartement composé d'une seule pièce étroite. Elles placèrent Aurore dans le tout petit landau qui n'était pas plus large qu'un couffin.

Quelle ne fut pas la surprise ! Le soir même, on frappa à sa porte : on lui livrait un joli berceau avec des volants en dentelle blanche.

Cadeau offert par trois jeunes clientes du dernier restaurant où elle avait travaillé...

Sa mère lui vint en aide. Elle abandonna son travail à la ferme, ses animaux et ses champs puis vint s'installer dans ce minuscule appartement pour s'occuper du bébé, ce qui permit à Luiza de travailler. Elle y resta pendant quatre années...

Il faut ajouter que cette pièce était si étroite qu'on ne pouvait mettre qu'un lit de 90 cm de largeur.

Elles dormaient toutes deux, l'une au pied et l'autre à la tête du lit, et son frère sur un petit matelas pneumatique à même le sol, au bout de la pièce.

Le berceau était placé près du couchage des parents.

Il fallait laver les couches et les faire sécher sur un fil placé au travers de la pièce, ce qui procurait de l'humidité. Pas de couches jetables à cette époque des années 1960. Elle n'en avait pas les moyens, ne sachant même pas que cela pouvait exister.

On allait prendre la douche dans le bain communal affecté au quartier.

Elle avait loué un pèse-bébé pour connaître la quantité de lait maternel consommé par le bébé : on le pesait avant et après chaque tété. C'est là que l'on s'aperçut que le bébé ne buvait pas assez. Il pleurait beaucoup, il avait toujours faim, Luiza ne produisait pas assez de lait.

Compréhensible, elle avait une mauvaise alimentation car si peu d'argent pour vivre… et pour manger… des pommes de terre à l'eau sans beurre.

Alors, elle allaita le bébé avec un lait de pharmacie qui coûtait très cher. Il fallut acheter de nouveaux biberons et louer un stérilisateur.

Encore moins d'argent pour vivre !

Les ressources pour indemnités journalières de la Sécurité sociale étaient maigres, aucune aide en 1967. Le peu d'argent reçu de la prime d'allocation avait été pour acquérir le minimum vital pour la naissance.

Puis son jeune frère l'aida à rembourser l'hypothèque qu'il avait autorisée sur la ferme chez un notaire pour retenir le *Resto du Club de Foot*. Cet argent que Julien avait dilapidé !

Cela prit plus d'une année de sacrifices. Ce fut difficile d'économiser ; il y avait une échéance, sinon la ferme familiale aurait été vendue !

Dépôt de plainte

Après avoir déposé plainte pour escroquerie auprès du procureur de la République, Luiza fut convoquée au tribunal.

Seule avec des juges dans la grande salle d'audience, elle était impressionnée tant elle était immense. Des hommes de lois placés en demi-cercle sur une estrade l'écoutèrent avec attention. Elle exposa ses arguments aux juges présents dans la salle de procédure.

Ils lui accordèrent l'assistance judiciaire, puis un avocat lui fut attribué.

Ensuite, l'enquête diligentée par les inspecteurs de police dura plus d'une année. Elle ou lui étaient convoqués séparément dans les commissariats de leur domicile respectif.

Des interrogatoires pénibles s'en suivirent.

Les policiers lui lisaient les réponses de son compagnon. Très douloureux d'entendre les reproches de Julien dans la bouche des inspecteurs de police qui lisaient ces interrogatoires :

Julien :

« L'enfant n'est pas de moi. Luiza est la femme de tout le monde car elle travaille dans des bars restaurants !!! ».

Très déchirant d'entendre de tels propos ! Luiza souffrait en silence.

Au procès Luiza, gagna la procédure et Julien fut condamné à lui reverser les sommes d'argent escroquées.

L'avocat faisait des saisies sur salaire, mais Julien, à chaque saisie, changeait d'employeur…

Luiza ne reçut jamais rien.

Lasse, au bout de dix ans, elle abandonna la procédure…

Elle n'entendit plus jamais parler de Julien.

Reprise d'activité

Luiza reprit donc le travail après un mois et demi de congé de maternité dans le quartier des Halles du centre de Paris.

Toujours payée en pourboires, elle gagnait bien sa vie ; les clients étaient généreux.

Elle travailla successivement dans les restaurants suivants :

La Poule au Pot, *La Vallée*, *La Fauvette*, *Le Chien*, *Le Chien qui Fume*, ce dernier en week-end de nuit.

Tous ces restaurateurs déclaraient ses salaires, même les emplois les plus précaires. (Elle retrouva ces informations au moment de sa retraite).

Constat : les restaurateurs étaient donc très honnêtes avec leur comptabilité, envers l'administration fiscale et l'Assurance maladie.

Luiza continua sa route en élevant correctement sa fille.

Rien ne fut facile, travaillant parfois la nuit et le jour…

Elle s'installa dans un autre appartement, un deux-pièces avec une chambre pour Aurore, dans le quartier ancien du sentier de Réaumur.

L'immeuble très ancien était dépourvu de salle de bain, les toilettes étaient situées à l'entresol.

Seule une jolie petite cuisine avec un évier donnait un minimum de confort à cet endroit.

Elles continuèrent à prendre les douches au centre municipal des bains-douches du quartier.

Luiza faisait des projets : elle rêvait d'un nouveau métier où elle pourrait avoir des horaires convenables pour élever enfin seule sa fille dans la dignité et le respect.

Dans ce quartier du 1er arrondissement de Paris, se dressait un grand immeuble IBM.

Alors elle décida de changer de profession.

Néanmoins, changer de métier n'était pas facile, cela nécessitait des sacrifices financiers ; il fallait quitter la restauration pour reprendre des études.

Pas de droit au chômage, plus de revenus, rien, aucune aide pour vivre, même pas pour les femmes élevant seules un enfant.

Elle travailla avec ardeur à ces nouvelles études ; elle obtint le diplôme d'Opératrice IBM. Enfin les portes des entreprises commencèrent à s'ouvrir devant elle…

Les cinq premières reçues furent placées par IBM.

Luiza obtint un poste dans une compagnie d'assurance : La Mutualité Industrielle.

Ce nouvel emploi, payé au SMIC – le revenu minimum –, loin des salaires de l'hôtellerie, permettait juste de quoi vivre très modestement.

Après avoir payé le loyer qui représentait 60 % du salaire, il fallait acheter la nourriture.

Un petit steak de cent grammes était partagé en deux, même la tranche de jambon et la petite boîte de raviolis également…

Aurore avait faim, mais Luiza savait qu'elle mangeait à la cantine de l'école et que son repas était complet le midi.

Pour habiller Aurore, Luiza, n'étant pas couturière, découpait des vieux vêtements pour refaire du neuf : manteaux, pantalons, tous cousus à la main le soir à la veillée.

Aurore, bien habillée, allait à l'école maternelle avec un nouveau manteau découpé dans celui de sa maman.

De même pour Luiza, c'était « la débrouille » afin d'offrir des cadeaux de Noël à sa fille. Elle passait ses veillées à coudre à la main des robes de princesse cousues d'étoiles brillantes pour les petites filles voisines du quartier.

Elle achetait des tissus pas chers au Marché Saint-Pierre, au pied de la Butte Montmartre. Pour ses robes de lumière, les mamans lui donnaient une petite pièce.

Grâce à son nouvel emploi, les horaires réguliers de travail permettaient à Luiza d'emmener et de rechercher sa fille à l'école chaque jour.

Grand-mère, au domicile de Luiza, était déclarée nourrice agréée. Elle avait la garde d'une autre petite fille, nommée Stéphanie. Ce petit revenu les aida aussi à survivre toutes les trois quand Luiza, étudiante à IBM, n'avait pas de revenus.

Celle-ci, en fin de carrière, repartit dans sa campagne. Mais il faut savoir que les agricultrices, ne cotisaient pas beaucoup. Elle obtint plus tard une maigre retraite car il lui manquait quatre années de cotisations, le temps d'avoir élevé Aurore.

Honte

Seule avec un enfant, cela représentait la honte vis-à-vis des autres à cette époque, dans les années 1960, parce que non mariée... Il ne fallait pas le dire et cacher son état de grossesse.

Alors, elle se rendit dans un grand magasin, au Bazar de l'Hôtel de Ville parisien pour s'acheter une alliance en or...
Ce fut un grand moment de solitude !

Pendant les deux années de travail qui suivirent dans cette entreprise, elle fit croire qu'elle était mariée. Elle n'évoqua jamais sa situation de femme seule.
Elle ne répondait pas à la question que lui posait ses collègues :
« Pourquoi tu ne parles jamais de ton mari ? ».

Seul le chef du personnel l'avait embauchée en connaissance de son statut.

Présentation à la famille

Il fallait enfin le dire à toute sa famille, dont à ses trois grands frères. Elle décida de présenter son enfant.

Lorsque Aurore eut deux mois, Luiza écrivit à sa grand-mère et à ses frères pour annoncer sa naissance ; même sa mère n'avait pas osé parler de cette situation « dégradante » à sa famille. Seul le petit frère de Luiza en avait connaissance.

Avec l'exigu landau détachable des roues qui lui servait de couffin, elle prit le train à la gare d'Austerlitz parisienne pour se rendre en province chez grand-mère Marie, veuve de guerre.

Sa mémé la reçut chaleureusement.

Les mères ayant connu l'épreuve de la maternité sont proches de leurs filles.

L'image de la présentation d'Aurore resterait gravée à jamais dans la mémoire de Luiza.

Elle était assise sur une chaise dans la grande cuisine – l'unique salle à manger – tenant Aurore dans ses bras.

Ses trois grands frères et leurs épouses arrivèrent ensemble pour voir la mère et l'enfant.

Pas un mot ne sortit de leur bouche. Ils défilèrent les uns après les autres, les regardèrent toutes deux, comme une chose étrange, un silence pesant, un seul passage et ressortirent ainsi, sans lui avoir adressé la parole !!!

De plus, la petite nièce de huit ans, fille du grand frère de Luiza, interrogea :

« C'est à qui ce bébé ? ».

Ses parents ne lui répondirent même pas.

Luiza repartit le lendemain avec la sensation du devoir accompli.

Avec une valise pleine de victuailles que lui avait préparé sa gentille grand-mère : du beurre, du café, des oranges etc…

Une nouvelle vie

Enfin Luiza déménagea à nouveau, s'installa un certain temps chez son amie Juliette, puis elle intégra une chambre d'hôtel de banlieue à Vitry-sur-Seine, non loin de chez son amie.

À Vitry, il y avait aussi les bains-douches dans cette commune ; avec Aurore, elles riaient beaucoup lors de leur toilette hebdomadaire.

Les autres jours, elle avait encore sa baignoire de bébé pour prendre son bain.

Luiza était inscrite au bureau des HLM (Habitation à Loyer Modéré) afin de se reloger. Personne ne répondait à cette inscription, pas de logement possible ?

Une nuit de désespoir, elle écrivit à madame Pompidou, femme du président de la République pour demander un logement.

Deux semaines après l'envoi de ce courrier, un inspecteur se présenta à sa chambre et même la directrice de son hôtel ne pouvait y croire elle-même !

Elle demanda :

« Comment avez-vous fait pour faire déplacer les autorités du logement ? ».

Luiza garda son secret, de crainte que cette opportunité ne s'évanouisse.

Elle obtint un appartement de soixante mètres carrés en HLM, dans un immeuble neuf, un DEUX-PIÈCES avec tout le confort moderne !!!

Enfin une chambre pour sa fille !

Pour la première fois de leur vie, elles prirent des bains…

Et comme il se disait que rien n'arrivait seul, elle obtint la même semaine un nouveau travail : opératrice IBM dans une grande banque parisienne : la BFCE !!!

Là, elle fit carrière pendant tout le reste de sa vie professionnelle.

Des revenus plus confortables qui permirent à Aurore de partir étudier pour parfaire son anglais en Angleterre ; elle fit de brillantes études.

Plus tard, Aurore épousa son premier amoureux et eut deux beaux garçons…

Quelquefois, les petits enfants demandaient à leur grand-mère Luiza :

— Mamie, montre-nous la photo du papa de maman.

Alors, cherchant ensemble dans les anciens albums de photos, les enfants étaient joyeux de voir ce visage inconnu.

Luiza leur racontait que c'était un grand footballeur. Que pouvait-elle dire de plus ?

Conclusion

C'est avec optimisme que Luiza partage ce livre avec ses lecteurs, sans haine et sans regret, afin que ses petits enfants puissent connaître leurs origines.

Maintenant âgée de soixante-dix-sept ans, elle annonce à tous, avec une joie incommensurable, qu'elle vient d'être arrière-grand-mère.

La vie n'est qu'un simple bonheur à partager chaque jour.

FIN
Claire Ginée

Remerciements

Claire Ginée remercie chaleureusement toutes les personnes qui l'encouragent à écrire :

Un livre, des mots pour une nouvelle naissance !

À ma famille de cœur.
À tous mes amies et amis.
À Colette – À Michel

Table des matières

Achevé d'imprimer chez SoBook le 07-12-2022

Linselles - France

N° impression : 810 320